복합상징시 정예시집·複合象徵詩 精銳詩集

불타는 섬

김소연 著

한국학술정보

불타는 섬

■ 跋文

숙녀의 섬은 불타오르고 있다
－김소연 시인의 시집 「불타는 섬」에 붙여

◇ 김현순

중국 조선족시몽문학회 회장.
순수문학지 「시몽문학」 편집주간·발행인.

생각이 바뀌면 길이 열린다. 관습적인 생각이 역사의 발전에 걸림돌이라면 초탈의 실천은 글로벌시대를 열어가는 반석으로 거듭날 것이다.

인간에게 그리움이 있다면 그것은 공연히 생기는 것이 아니다. 자신에게 필요되거나 상실된 것에 대한 안타까움 또는 아쉬움이 그것에 대한 집념에 사로잡히게 하는 것이다.

그것이 그리움을 불러오게 하는 것이다.

그리움을 갈고 닦으며 인간은 영혼의 구심점을 찾아 촛불 하나 손에 들고 어둠을 헤쳐 가는 것이다.

동이랴 남이랴 북이랴… 무질서한 환각의 흐름 속에서 명멸하는 희망의 대안 찾아 휘파람 불며 가는 숙녀시인 김소연…

겨울이 자고 간 바위틈서리에 노란 미소로 피어나 바람에 향기 얹어주는 복수초같이, 묵언의 가슴 열어 봄을 안아주는 그 포근함이 녹아 시(詩)의 하늘에 별은 오늘도 반짝이는 것이리라.

김소연, 감성의 맥락 부풀려 움직이는 영상(影像)으로 필름에 그려 넣은 그의 작품들은 오래도록 보석이 되어 지구의 틈서리마다에 불빛 환히 켜둘 것이다.

미래지향적인 신시(新詩)혁명에 궐기하여 나선 시몽문학회 멤버로서의 김소연 시인의 시집 「불타는 섬」이 제3회 시몽문학상 대상 수상자 시집으로 출간됨을 더 없이 기쁘게 생각한다.

　－계묘년 가을, 墨香庭園에서

차례

제1부

제2부

제3부

제4부

제5부

제1부

후룬베얼 초원

수유차와 양떼 없는 유르트
창문 열고 어둠 밝힌다
누렇게 뜬 풀들 사이로
번들거리는 물빛

구름 겹쌓인
무지개 희미한 색채로
이슬 꿰는 별빛 반짝거린다

나래 젓는 메아리
달아오른 숨결
칭기스칸의 아침 열어가듯

꿈 찾는 목동들
풍화에 입 맞추며
피리소리마다
저 멀리 손 저어 부른다

미소 짓는 하늘, 들린다 들려…

소나무 숲속에서

뿌리 내린 연륜이 하늘 떠이고
숨 톺는다 여광의 그늘에
갈망은 분출
허영(虛榮) 투영하는 건
생각 시린 이유 때문이겠지

가슴에
용서 한 장 얹어본다면
틈서리에 향기는 피어 오르겠지

꾹 다문 아픔 전율하듯이
바람은 낡은 시간 닦으며

숙녀처럼
예쁜 미소 지피어 올릴 것이다

등산

나부끼는 기다림마저
반가움에 살쪄있다
아픔의 행적, 숨결 조각해두고
얏, 야호~! 메아리로
기억 한순간 근 떠버리듯

여백은 즐거움
연마하는 수련장

햇살의 메모가 손바닥에
가을 하늘 적어놓으면

기러기가 기럭기럭
줄지어 기럭기럭
이웃 나라 먼 나라 여행 떠난다

가을의 소망

떨리는 바람의 손길
흙에로의 귀의(歸依)
쪽빛은 푸름을 운다

발가락 꼼지락임이
환생의 연장선 긋듯

안식의 가부좌
명상에 어둠 뚫을 때

깨달음,
남루(襤褸)의 귀를 연다

여울목 메들리

태동하는 싱거움에도
사막의 사랑은
오아시스에
하늘 비껴 담을 것이다
평형 잡는
그리니치 천문대

구름 뚫는 메아리마다
달리는 지구…
물들여가며
아침 빛내줄 것이다

안개 들어올리는
간이역에 쾌락은 없다

지평선 멀리
바다의 설렘도
그라프에
별무리 그려줄 것이다

피안(彼岸)

기다림의 연못에
진주도
상처로 될 수 있음을
그는 알고 있다

젊었을 거라는 느낌이
이슬에 비꼈을 것이다

절규는 없고
꽃 피는 소리가
떨림으로 망울져 있다

와사등(瓦斯燈)

독점이
우주를 밀고 당긴다
믿는 자에게 복 있나니…

빛의 세기가
세상 쥐었다 놓는다

방관자의 깨달음
광환의 메모리가
어둠에 발효되고 있다

길

마주서 있다
잔디의 떨림
둑길 달리며
미소로 내려 앉는다

우거진
잎새들 하모니

그라프
절렁대고 있다

되돌아서는 잔등
바람이 떠밀고 간다

돌탑

진실과 거짓 사이에
머리 쳐들고 있다
사립 찾아
숨어버린 파도의 날개

기다림 으깨지던 날,
거품 토해버리며
깃조차 건조되어 있다

어둠이
저만치 멀리서
지구의 폐포 갈고 닦는다

낙차도 길이다

스릴의 버튼으로
고독 밝힐 수 있다면
환영(幻影)의 들마꽃,

지분 그 내음도
팻말에 입 다물고 있다

잎새마다
안식에 불 켜두면
적막에 물젖은 외길

이슬빛
신호등에 묵례 보낸다

기다림은 늘
놀빛 어린
약조 길들이고 있다

고뇌의 계절

모델은 모델일 뿐
안개 낀 언덕에
초점이 너부러져있다

먼지의 일상
거짓말 포장해 가듯

흥부와 놀부의
줄다리기 속성

새벽닭 홰치는
소리로 태엽 감는다

또 다른 이름

낙엽 딛고 가는 별찌는
계절 닦는 소리에
바람의 술래가 된다

긴 몸부림
어금니에 끼워 넣고
아쉬움만 회한의 경락 따라

쑥향, 뜸들이고 있다.

중의요법

팔 다리 늘구는 재미도
피자와 궁합 맞는다

초인종 누르면
짜릿한 느낌 경락 소통해간다

음양오행이 虛와 實
변증법 펼쳐 보일 때

뒷골목으로 밀려가는
상생상극의 묘미

면역력마다
칼춤 부추긴 춤사위이다

고요 삼킨 한낮의 수위

탁자의 그림자 빈 공간 잠재워두고
말라붙은 햇살의 커튼
에어컨의 계절 돌리고 있다
미닫이 여닫는
점 박힌 시간의 집념에
눈뜬 안경알
색상의 무늬 기록해두고 있다
기다림에 향기 잠들어있듯
바람 한 올의 내음 입가에 갖다 대본다

평화의 굴절

억겁 기다림이 편지 띄운다
절벽에 얼굴 묻은
반뜩임 삼켜버린다

몸 곧추 세우고
먹구름에 구원 청하며
방향 제시하는 삶의 현장

욕망은 안개 속에서
돌무덤으로 풍화되고 있다

비상하는 그림자
맨발의 흔적 맞이하고 있다

백조는 말한다

휘파람 불어 제낀 먹구름의 흉내

외면의 순간마다
혼백의 비문 에돌아간다

윤회는 현재형, 위기는 춤사위

소망의
이력서 쓰고 있다

거듭난 연민에 회한마저
색감의 언어 길어 올리고 있다

밤의 직경 그리고 원주율

폭격 일으켜 세운 어둠으로
반뜩이고 있다
개동벌레가 멀리서 길
밝혀주는 여유에는
짓씹는 미소 숨겨져 있다
가로등 지켜보는
그림자의 사랑
재채기의 분말은
시려드는 언어의 창에
사려문 그리움 파닥이고 있다
눈꽃의 어리광
뿜겨 나오는 초점마다
회한 토하는
벤치의 추억으로
생각 못박아두고 있다
광선의 집합 그곳에 있듯이…

제2부

사막의 회한

초침이 달팽이 등에 얹히어 간다
기다림은 시간처럼 길다
역참마다 깃발 흔들어주는데 어디까지 왔을까
무지갯빛 갈피에 숨 쉬는 추억 명상 나부끼는 안내 방송에
숙명마다 공작의 나래 펴들고 있다

남루한 인생

납품보고서에 합석된 발령은 파견 직전이었다
숫자로 기록되는 전환의 액세서리에
약자끼리 휘두르는 망치의 힘도 들어있었다
솜사탕에 몽둥이 들이대는 철학 기록해둘 때
백기 들어 올리는 강등降等엔 내분비 문란
강낭콩 매달린 생계마다 머리 숙이며
침몰전 타협점에 수혈이 회생 접목시킨다
해고통보서에 성에꽃 가지 뻗는 눈발
향기마저 기억 얼어붙은 시간 열어두고 있다

존엄

해달의 덩치는 눌러 앉았다
로맨스의 명멸
향락으로 돌아갈 때
볼륨의 물결
인슐린 컨트롤한다
밤 장막 멀어져가고
개탄하는
종양의 탈출구
모르핀 투입된
노숙자 기피증으로
부러움에 부적 붙인다
의무의 막끝,
뼈들의 합창곡이다
안개 바르며 칭얼거린다

항생의 아침을 열다

달아오른 가책 달래듯
용건의 막차는
날품팔이처럼
쌍심지에 박차 가한다

갈무리는 손목에 힘주는
툇마루 전설
혈압 걸러낸
윗물에 꽃으로 핀다

힘줄 조이는 씨앗마다
색꿈 한 알

바람목에 묻어둔
또 하나의 새벽

속살처럼 다가서고 있다

겨울

도적고양이 눈먼 사랑
연기(緣起)의 날숨으로
성에꽃 닮아간다

바람의 목구멍으로
겨울산 끌려가는 소리

발치에서 전류 흐르며
추위 스크랩 해둔다

시간의 칼날엔
아, 피, 피…!
낭자한 기억
무지개로 결빙되어간다

장착되는 기억

어둠의 사잇길에
낙엽귀근의 애교

꼬집을 수 있을까
호르래기 연장선

옛 지명 감칠맛
잘랑잘랑 웃어 보인다

넌출 뻗는 애틋함
각인시키는
열매가 있다

비스듬히…
누워 눈뜨고 있다

실루엣

명암 핥는 혓바닥은 말이 없다
장맛비에 마른 사랑
등뼈 녹여 향수 걸러낸다

번개 빨려들어 갈 때
타향인들 어떠리
우레의 마중 어둠 익히기까지

깜빡임
멈추지 않을 것이다
안개의 승천,
외로움에 무지개 걸어놓는다

먼 산이 점잖게 돌아 앉는다

야행자

밤비 탁마하는 소리
입맛 탐스럽다고
눈썹 하얀 고양이걸음으로
설렘 조각해간단 말인가

색상 고르는
숲의 자화자찬으로
어둠 딛고 새벽마중
떠나갈 것이란 말인가

온다고 하겠지
기다림…
이슬 받쳐든 운무의 사랑

기다림 싹트는 둔덕에
발자국소리
별빛에 받쳐 듣고 있다

길

빛살의 틈서리에
성에꽃 문안
어둠 낚아 올리고

정화의 계절
바위 뚫는 소리
결빙기 에돌아간다

봇물이
음색 길게 뽑아도
자전은 공전
떠밀며 갈 것이다

휘몰이장단 길들인
윤회의 풍경

아픔엔
속주름도 노랫말이다

폭풍우

빛살의 몸부림에
어둠이 심지 박아 넣는
배부른 빗줄기

숲 안고 뒹구는
관성으로
뒤뜰엔 초롱
하나 밝혀둘 것이다

먼 훗날
기억의 둔덕에 작약꽃
미소 짓듯

아픔 또한
꽃으로 피어날 것이다

무위(無爲)

밀물에 실려 오는 유언들
바위틈에 끼이어
거품 토한다
경청하는 모래톱
뽀끔거리며 눈 뜨고 있다

종이 울리고…
고독이 담 넘는 순간
소양증 긁어주듯
즐거움에는 이유가 없다

파돗소리에
재채기의 무사통과

잔주름 감시망에
영과 육 분리되어 있다
자유는 깃 편 멋스러움인가

운명

어둠이 별빛 조각 한다
초점 박힌 눈동자
늑골 앓을 때
무지개여
등골에 뿌리 내려라

들숨과 날숨
아픔에 헐떡이며
내 사랑…
골수에 낙인 찍는다

믿음의 자오선

붉거진 눈동자에
경전 새겨 넣으며
백팔배 간절함
참선하는 무릎,

비둘기의 경청마저
스치는 바람에
머무르게 한다

연꽃은
바람에 부탁 한줌
얹어둘 일이다

겨울에도 꽃비 내리고
오색 무지개
하늘 감싸주듯이…

산다는 건

햇살에 동력 물려있다
바람의 세기가
조깅하는 부리에
운판 그늘 잠재우듯

잠자리는
폐품 줍는 공간에
나들목 널어 말린다

칠칠에 사십구,
구구단 외울 때

등에 쫓는
둥글소 꼬리에도
부끄럼 깃발처럼 나붓거린다

바라건대

관음보살, 나무관세음…
육자진언으로
시간 비출 때

다비식 홀가분함
나래 펴고 있다

목탁소리는
짝사랑 옛노래

관망하는
영혼으로 깨어나 있다

언덕너머

침묵의 생경함으로
생각 쫓아다닐 때
언약의 속삭임

포용의 몸짓으로
아픔 보듬어준다

바람은 소통
주의보의 하늘에
안기어있다

안개 쫓는 새소리
점점…
스며들고 있다

나찰(羅刹)의 시간

미라의 붉은 피 날리며
소원 흔들어주면
잘랑거리는 풍경소리

손톱눈에 한 올
기맥 풀어 후광 덥힌다

나무아미타불
관자재보살님

개정판 춘향전이
심청의 손목 잡고
자하문 지나고

조화는 얼룩져…
고해 찾는 세월
바람에 수놓으며 간다

제3부

방문객

질러가는 거리와 돌아가는 길
참선하는 관절의 신음으로
귀뚜라미 놀래킨다

근심과 걱정 물들인 건 아닐까
그림자는 불안하다

대웅전 독경소리는
잿밥에 한낮 덧없는 논란

갈리는 마음에
허공 삿대질하며
천태만상 줄 세워 여행 떠난다

윤회의 고리

페이지마다 숨 쉬는 무의식
열매들 조약으로
파도에 깃 펴고

건너뛰는 망언
과녁의 속도 단근질할 때

자오선과 회귀선 만남이
좌우충돌 하며
빛의 소실 환생에 비춰 보인다

폭우

입 꼭 다문 인내가
환호성 검측해간다

코골이가
우레에 물려있고

소리는 깃 펼쳐
상공 날아예고 있다

자유의 메아리
낙서로 부서지는 동안

줄 끊긴 생각은
적막 두드린
함성의 인사가 된다

각성의 덧걸이

커피의 조급증으로
바위 에돌아가면
인내가
허공 길들이고 있다

신들린
퍼포먼스에
안개꽃 향기

북채의 장단은
먼 지평 울려주는데

찔끔
이슬의 땀방울
성숙의 아침을 연다

건널목 위에서

먹이 쫓는 제비는
크기 재이지 않는다
돌담의 회한이여
불길 지펴 올려라

희나리
내일 기다리나니
들꽃 피는 숲길마다

봄눈의 약조에
반지 끼워줄 것이다

눈썹 고운 향기가
발볌발볌
어느새 다가서고 있다

망연(茫然)

환각의 틈서리에서
출렁이는 파도의 높낮이가
잔주름으로 고민 부풀려간다

감겼다 되풀린 기억에
멈춰선 열차의 동음이
간이역 무영탑을 스쳐 지나고

대안 거머잡는 숙녀의
떨림에도
멜로디는 향기 넘쳐 흐른다

물안개 돌려 앉힌
섬섬옥수에서
빛이 슴새 나와 우주를 눕힌다

잔, 잔, 잔(殘, 殘, 殘)…

텅 빈 머라가 시간을 바장이고
불안이 용천혈에 불 지핀다
인내의 극한에서
타 들어가는 계곡이
윤회의 시간을 장착시킨다

승천하는 혼백마다
발가락 꼼지락인다
사념이 시공 날아 넘어
숨결은 항시 현재를 진맥한다

오늘을 사는 미래에
꿈도 초점 맞추고

자아가 목청 돋우어
역전(逆轉)의 주인 부른다
어둠은 무의식을 안고 달린다

아픔의 매듭

돌풍의 징조는 없다
혼령의 유촉,
방풍림에
걸리어 파닥일 때까지

사막은 오아시스에
갈망 펼치어갈 것이다

둔덕에 반란 잠재워
귀 갖다 댄다면
뭇새들 노랫소리…

와인향 일상으로
숙녀의 봄을
엷게 펴 바를 것이다

무의식

바람에 날리는 녹슨 방언에도
아픔 밴 유전자는 소망 눈뜨고 있다
역행 누비는 언약에 깃 내리면
타오르는 눈물의 기억
염분의 진실로 지워버릴 수 있을까

터널에 침목 깔아두는
새벽의 희열
파닥일 뿐이라 할 것이다
가을비 같이 가로등 밑 사랑마저
차마 보인다 할 것인가

빛이여 기다림의 향기여…
숙명이여 그리움의 안개여…

문

꿈틀거림에 신발 신긴다
프로펠러 돌아가는
인내의 한계...
초침의 깨달음에
각질 일으켜 기억 질주하게 한다

아픔 싹틔워간다면
매화꽃 순정 스크랩해두며
겨울의 흐느낌
접었다 다시 펴 보일 것이다

소망의 벽에
번지수의 만남으로
사랑 받쳐 올리는 존재가 보인다

눈이 내리네

바람에 흐느낄 뿐이다
발목 잡던 고갯마루
나비되어 가로등 밑 파닥거리고

나목의 그리움
돌담에 기대어 서있다

하염없이…
부푼 그리움
기다림 속에 잠들어 있다

하품의 감시망

어둠 굼실대는 몸부림에 각막이 있다
초점은 빛의 감금 노래 부른다

흐느낌 각인되는 안개들의 온상
렌즈의 탈출이 이슬에 숲 매달아주고

이별마저 퍼포먼스의 사랑 춤추게 한다

별빛에 아픔 머무르는 것은
난센스에 입 맞춰도 다행스런 일이다

무인도(無人島)

피아니스트 손끝에서
애절함 흘러나온다
찢겨진 문풍지에 묻어나는
햇살의 몸부림

당겨오는 활시위에도
굽이진 산길은 흐느껴 운다

뻐꾸기 곡성(哭聲)마다
산사의 종
깨우며 노래 부른다

명암의 발자국 흔들며
정나미 갈림길에
숙명은 숲의 온도 진맥해간다

렌즈 돌아가는 소리

해독불가는 없다
간질이는 신호음
색상이
입구에서 굼실대는 것은
시나브로 해저 누비기 때문이다

턱 고인 손등에
ㄱ ㄴ ㄷ ㄹ...
역상의 그림자

파도 비껴 담으며
햇살 일으켜 세우는 모습이다

일조(日照)

모래알의 온도는 민감해있다
신념은 뭉치는 것이다
풍향에 깃 하나 꽂아두며

고장난 나침판
소리 없이 반짝거리고

바위나리라는
이름으로 태어나
육지와 하늘 이어주는 맥락,

조물주의 촉수가
천사의 은신처 닦아주고 있다

깁스

해오라기 나래 짓에
미소 짓는 프로펠러

제발~!
다뉴브강 푸른 물결 흔들어주듯

그리움의 눈동자에도
성에꽃 가지 뻗는
연장선 링크해주세요

항아리의 선율은
무지개의 전설

이별과 악수하며
오늘은 내일 속으로 걸어간다

출발선

게시판은 하얗게 퇴색해있다
찬 서리 녹을 때까지
항해는 가슴에 돛을 내린다

적설 점화시키며
능청 떠는
작동 멈춘 브레이크,

쏙 내민 조막손이
햇살의 기도로 바람 잠재워간다

제4부

지금 이 시각

날개의 변화가 반지에 끼어있다
버마재비 다리가 안경다리
같다는 생각,
액자에 긴 꼬리 드리우고 있다
잠자리처럼…
광대들 엷은 날개가
아픔 감싸고 파닥거린다
거기 시방 누가 있는가
이별 씹는 찢긴 시간이
조금씩 좀먹어가고 있다 전설처럼…

마침표

징검다리가 하이힐 받쳐 올리면
엘레지는 메아리 경청하고 있다

백조 날아간 호수에
안개의 문안 기포 밀어 올릴 때

산사의 풍경소리
갈숲 헤치며 하산행 바래고 있다

설경(雪景)

나비떼 마중 나왔나
흰나리가
전생 비춰주고 있다

쉼표마다 나뭇가지에
아픔 걸어두는데

어둠 부서지며
계곡의 고요 덮어주는가

눈발에 기대어
하늘 잠재울 일이로다

그 계곡 그 순간…

두근거림이
운무 속 그림자와 어깨
겨루고 서있다

이파리들 난반사
바람의 반짝임에
무늬 찍으며

환호성에
올올이 얹어두고 있다

손톱부리마다
건져 올린 물처럼 평평하다

기다림

낙화의 유언 토막나 있고
생각들의 난삽
안개에 뿌리 내리며
계절풍 기다리고 있다

각혈의 부끄러움
언덕 넘어 침전할 때

애벌레의 탈피
밀어의 파닥임으로
밤하늘 수놓아간다

빈집

햇살 얼어붙어 있는데
초침의 긴박감 영생 부르며
두근거림 감쳐 올린다

곤혹의 안경알 너머에서
두려움 발효될 때

잠의식 그 변두리안팎
쉰내 나는 기다림이
허겁의 폭포 드리우고 있다

오(悟)

고독의 틈에 손톱 박는다
방황하는 지각의 갈비뼈

떨어져나간 자리에
안개 부서지는데

이끼 낀 각막 사이로
한풀 꺾인 계곡의 휘파람

산새들 재잘거림으로
낙엽귀근 열어두고 있다

오늘

실락의 그림자에 깃 펴두고
허겁 굴리는 손놀림
접었다 펴는 몸짓 하나에도
달빛은 어둠 스크랩해둔다

눈 감은 세상
수렁 잦아들게 한다

연륜 지워버리며
최면이 망각 노크하면
전생이 그렇게
풍화작용에 끌려가고 있다

줄임표

차렷 자세로 대기하고 있다
주름진 종지부에 공전의 주파수
지팡이가 기우뚱 서있다
노을빛 물들이며 혼백의 지킴이,

기다림이
갈색 두려움 덧칠해간다

안식의 염원,
사탄의 혓바닥이
마지막 시 한 수로 버튼 누른다

불타는 섬

지구가 얼어붙었다
어둠의 각서에
눈물의 재편성 찢어 바른다

툰드라 깊은 함성
흑암의 거리 걷는다

떨리는 빛의 작동
눈시울 붉은
명암의 부등식
올올이 햇살에 새겨두고

갑돌이와
갑순이 이야기
새벽안개 훔쳐보고 있다

각질

꼭—
붙들어 맨 목표가
조급증 덧칠한다
후회가
각고의 노력 안고

속살속살,
자책의 일상 펴바른다

뒤뚱거리는
새벽,
코골이가
그림자 끌고 다니듯…

풀려진 신끈

접었다 폈다하는 어둠
가시로 돋아나 있다
매듭의 탈락
승강문 진실을 읊조려본다
고민은 속도
거미줄 희망마다
초월 실랑일 때
돌아서는 마스크
행복 코드는 건재해 있을까
다음 정거장은
<미리내>
<미리내>역입니다
이어지는
안내 방송이 전파 삼키고 있다

잔(盞)

빈혈증세로
풀 먹인 쇼 노크하며
깨어있는 만남

모나리자의 미소
허공 배회하고 있는데
누가 지금
지구를 돌리는 것인가

홍조 걸러낸 향기
고도의 찬바람 가르는데

영과 육의 둔덕에
풀잎은
언제나 하느작임이다

천년지애

말씀이
프로펠러 들어 올린다
설렘의 심장은 발사탑이다

구름이 양털이라면…
솜사탕이라면…

상상의 나래짓
하늘은 바다를 닮아간다

그 사이
단전호흡 비기(秘記)가
희노애락에 성씨 되묻는다

휴화산

멈춰선 함성의 궤적
지구의 단면에
어둠 적어 넣는다

명암, 계단 더듬어갈 때
요지경의 변혁
반고의 하늘 닮아있다

천년기도의 괴성
가슴 움켜쥐고 있으면

조준경 마찰음
오늘도 숙명에
기다림 다져넣고 있다

눈금

햇살 돌아가는 소리
건널목 사잇길에
옛 꿈 감쳐놓으며

파도가
자오선 떠밀고 간다

사막의 나래짓
아롱진 무지개

낙타의 알레르기가
역상의 계곡
이슬로 수놓아간다

창(窓)

윙크에 불이 붙었다
필름 돌아가고
볼 붉힌 음성이
관제탑의 침묵 지켜보고 있다

날인의 기슭에
낙하의 무의식

거리의 탐조등에
삼각대가 묵례 보내듯
헛기침소리가
다시 날개로 파닥거린다

바다의 언어는
사막 길들인
파도의 으깨진 꿈이다

제5부

레일

바람 굳어진 옷자락에
웃음의 잔주름 곧게 세운다

예포(禮砲)의 화답에도
꼼짝 않는
두 줄기 평행선

달아오른 혓바닥에
손과 손 맞잡은
오르가슴의 꿈틀거림이다

신음의 즐거움은
심야에 연장선 긋는
밤의 아픈 흔적들이다

성인식

폭풍설, 황사, 소낙비…
어느 것 하나 비켜주는 일은 없었다
독한 술과 향기로운 커피로
지워지지 않을 자자(刺字) 새겨주었다

그때마다 머리부터 발끝까지
목욕재계는 하늘의 푸름을
해저 깊은 곳에 묻어 두었다

아픔이 인내에 깊게 숨겨있었다

열연(熱戀)

골수의 세포마다에 매화꽃
두근두근 봄꿈 부풀리고 있다

정열의 망토 자락에
또릿또릿 두 눈의 입맞춤

바람의 윙크에는
연분홍 전율이 옆구리 터치하며

속살의 울음 꼬옥 눌러 막는다

유정세월

젖샘 빨아 목추긴 애솔의
찬바람 막아주기까지
베짱이 노래는 세월을 동무해 주었다

이생에 못다 이룬 회한의 노래
따스한 햇볕 사랑으로
기억의 오지랖 부채질하며

청청하늘
추석달 기우는 모습을
무지갯빛 이슬에 사진 찍어 두었다

선(線)

피 끓는 심장
욕심 잘라 햇살에 꿴다
염주 굴리는 손놀림
별빛 타고 어둠에 흘러든다

흰옷의 승무
포물선 그으며 뿌리쳤다가
당겨오는 산허리

농가의 코고는 소리가
고르롭게 날개를 펴면

시간은 산을 안고
다비식 아픔 보듬고 있다

악수

붉게 타오르는 주단 즈려 밟아라

땅 짚고 머리 숙인 맞절 인사
아침 식탁에 음악 흐를 때
지구가 손 내밀어 인사 나눈다

사랑아 안녕…
이 밤이 가기 전
화끈하게 달구어 봅시다

꼬불딱 부끄럼이 발버둥 친다

연

날아야 비로소 얻는 숨결
자유를 마신다
다리 들어 그림자 차버리고
두 팔 벌려 하늘 안는다

풀었다 감았다
숨차게 달려온 삶의 이야기

얼레에 탁본 찍고
들숨 날숨 떨리는 메아리

손끝 타고 쫑긋
가슴 비운 두 귀로 세월을 연다

손

두루마리 옷자락이
지구의 허리 칭칭 감는다

아마존우림의 불길
뻘건 혀 날름거리고

원숭이의 진화는
낯선 우주 일으켜 세운다

기도의 숲
합장하는 불가사리

얼굴만 붉어지고 있다

퍼포먼스

호수를 깨끗이 빗질하고
무지개 잠들 때

골수에 녹아드는 아침의 미소
구슬구슬 기억을 울어준다

불빛은 언제나 뜨거워
조락의 새를 껴안고 산다

탁구

사선으로 내리 꼰지는
도전장의 카리스마
세포마다 발딱발딱 일어선다

사품 치는 강 하나 사이 두고
곡예 타는 포물선

X선 진맥에 눈 부릅뜨고 있다

간석지

들숨 날숨 맞추어가며
몸뚱이가 잘려나갔다

파도가 커다란 입 벌려
허리 물어뜯을 때

십 년, 백 년…
감금된 바다

깊은 생각 목 **빼**들고
낮은 키 넘보고 있다

수석

서로의 몸 부비는
만년의 기다림
군살 갈아 버리고

파도의 칼날
억년 깎아 연륜 닦는다

돌과 물의
깍지걸이

영혼의 키돋움이
목탁 두드려댄다

상처

용쓰는 밤이 찢겨나간다
개구리가 봄을 눕힌다

주름진 세월의 잔등에
소금꽃 피어나는 메모리

운석의 날숨 갈아
비석에 눈물 새겨 넣으면

바닷새 울음 우는 하늘
사막의 손발로 부서져 내린다

단(壇)

길게 뻗은 진열장에 욕망의 교역
니코틴에 알코올 타서 마시면
젓가락 끝에 묻어 나오는 은사(隱私)들의 그림자
안주되어 포동포동 살이 쪄간다

천기누설

주소 적힌 꼬리표가
기억의 유전자 깨워
지구의 숨통 움켜쥘 줄을
생각지 못하였으리

본초자오선
촘촘히 잔등에 새기며
플라스틱 열어갔을 것이다

삿대질하는 굴뚝의 배포
놀빛에 기억 닦을 일인가

하늘은 언제나
답을 모르듯
걸음마 눌러 앉힌 바람

손이 발이 되어 걸어간다

폭우

태풍의 채찍 밑으로
총알 맞은 해님이 기어든다
눈물의 마사지가
멀미 토하는 민머리 산에
기억 덮어씌우고 있다

귤

떨리는 손이 침묵 집어 들었다
노을이 부끄런 얼굴을 한다
고독이 웃었다
허겁도 따라 미소 지었다
그 너머에 숨결이 있고 사랑이 있었다
시간은 저녁도 잊고
심야의 계곡에
홀씨 뿌리 내림을
신음, 신음… 토해낼 뿐이었다

불타는 섬

초판인쇄 2023년 10월 20일
초판발행 2023년 10월 20일

지은 이 김소연
펴낸 이 채종준
펴낸 곳 한국학술정보(주)
주 소 경기도 파주시 회동길 230(문발동)
전 화 031) 908 3181(대표)
팩 스 031) 908-3189
홈페이지 http://ebook.kstudy.com
전자우편 출판사업부 publish@kstudy.com
등록 제일산－115호(2000. 6. 19)

ISBN 979-11-6983-742-2 03810